AF589630

21 décembre 1896

Annoté

Objets d'Art du Japon

PIÈCES DE COLLECTION
ESTAMPES
KAKÉMONOS
ALBUMS

VENTE A L'HOTEL DROUOT, SALLE N° 10

Les Lundi 21 et Mardi 22 Décembre 1896

A DEUX HEURES PRÉCISES

EXPOSITION, MÊME SALLE

LE DIMANCHE 20 DÉCEMBRE 1896

DE 2 HEURES A 5 HEURES

Mᵉ Maurice DELESTRE
Commissaire-Priseur,
5, RUE SAINT-GEORGES, 5

M. Ernest LEROUX
Libraire-Expert,
28, RUE BONAPARTE, 28

PARIS
ERNEST LEROUX, ÉDITEUR
28, RUE BONAPARTE, 28

1896

ERNEST LEROUX, ÉDITEUR
28, RUE BONAPARTE, 28

RECUEIL

DE

VOYAGES ET DE DOCUMENTS

Pour servir à l'histoire de la Géographie depuis le XIIIe jusqu'à la fin du XVIe siècle,

Publié sous la direction de MM. CH. SCHEFER, *de l'Institut, et* H. CORDIER

I. — JEAN ET SÉBASTIEN CABOT

Leur origine et leurs voyages. Étude d'histoire critique, suivie d'une cartographie, d'une bibliographie et d'une chronologie des Voyages au Nord-Ouest de 1497 à 1550, d'après des documents inédits, par Henry HARRISSE. Gr. in-8, avec un portulan reproduit en *fac-similé* . . . . 25 fr.

Le même, sur papier vergé de Hollande . . . . 40 fr.

II. — LE VOYAGE DE LA SAINCTE CYTÉ DE HIERUSALEM

Fait l'an mil quatre cens quatre vingtz, estant le siège du Grand-Turc à Rhodes, et régnant en France Loys unziesme de ce nom. Publié par Ch. SCHEFER, de l'Institut. Gr. in-8 . . . . 16 fr.

Le même, sur papier vergé de Hollande . . . . 25 fr.

III. — LES CORTE-REAL ET LEURS VOYAGES AU NOUVEAU-MONDE

D'après des documents nouveaux ou peu connus, tirés des archives de Portugal et d'Italie, suivi du texte inédit d'un récit de la troisième expédition de Gaspard Corte-Real, et d'une carte portugaise de l'année 1502 reproduite ici pour la première fois, par Henry HARRISSE. Gr. in-8 avec une photogravure et un grand portulan chromolitographié, en un étui . . . . 40 fr.

Le même, sur papier vergé de Hollande. . . . . 50 fr.

III *bis*. — GASPARD CORTE-REAL

La date exacte de sa dernière expédition au Nouveau-Monde, d'après deux nouveaux documents inédits récemment tirés des archives de la Torre do Tombo à Lisbonne, dont un écrit et signé par Gaspard Corte-Real, l'autre par son frère Miquel, reproduits ici en fac-similé par Henry HARRISSE. Gr. in-8, avec 2 planches en fac-similé. . . . . 4 fr.

Le même, sur papier de Hollande. . . . . 6 fr.

IV. — LES NAVIGATIONS DE JEAN PARMENTIER

Publié par Ch. SCHEFER, de l'Institut. Gr. in-8, avec une carte fac-similé. 16 fr.

Le même, sur papier de Hollande. . . . . 25 fr.

CATALOGUE

d'Objets d'Art du Japon

ET

D'ESTAMPES JAPONAISES

ORDRE DES VACATIONS

Lundi, 21 décembre : nos 1 à 54; 103 à 121; 149 à 173; 210 à 329.
Mardi, 22 décembre : nos 55 à 102; 122 à 148; 174 à 209; 410 à 429; 330 à 409.

CONDITIONS DE LA VENTE

La vente est faite au comptant.

Les adjudicataires paieront cinq pour cent en sus des enchères applicables aux frais.

M. Ernest Leroux se charge des commissions des personnes qui ne pourront assister à la vente.

CATALOGUE

d'Objets d'Art du Japon

POTERIE, BRONZES
INROS, LAQUES, NETZKÉS, GARDES DE SABRE

ET

D'ESTAMPES JAPONAISES

KAKÉMONOS ET ALBUMS

PROVENANT DE DEUX AMATEURS PARISIENS

VENTE A L'HOTEL DROUOT, SALLE N° 10

Les Lundi 21 et Mardi 22 Décembe 1896

A DEUX HEURES PRÉCISES

EXPOSITION, MÊME SALLE

LE DIMANCHE 20 DÉCEMBRE 1896

DE 2 HEURES A 5 HEURES

Me Maurice DELESTRE
Commissaire-Priseur.
5, RUE SAINT-GEORGES. 5

M. Ernest LEROUX
Libraire-Expert,
28, RUE BONAPARTE, 28

PARIS
ERNEST LEROUX, ÉDITEUR
28, RUE BONAPARTE, 28

1896

PREMIÈRE PARTIE

Objets d'Art et Pièces de Collection

Poteries.

1. Bol cylindrique brun noir, réserves blanches, Kenzan. — Bol cylindrique large, peau de serpent, émaux reliefs, Soma.

2. Bol mi-sphérique, coulées brunes, Séto. — Bol cylindrique, coulées foncées sur brun, Séto. — Bol cylindrique à bourrelets, brun, réserves blanches, Séto.

3. Trois petites jardinières cubiques bleu sur blanc, Banko.

4. Bol circulaire surbaissé cabossé, coulées flammées brunes sur gris, Yérakou. — Bol cylindrique cabossé noir, gouttelettes blanches, Owari.

5. Bol cylindrique cabossé noir, coulures en gouttes verdâtres, Owari. — Bol cylindrique brun chocolat, réserves triangulaires, Owari.

6. Bol cylindrique lobé, coulées vertes et croisillons noirs sur craquelé jaune, Korée. — Bol mi-sphérique noir cabossé, gouttelettes blanches, Owari. — Bol large coulée manganèse à reflets sur crème craquelé, Owari.

7. Bol turbiné, coulée foncée sur gris, Séto. — Bol carré, vieux craquelé, mi-partie claire et foncée, pin neigeux, manganèse. — Bol cylindrique cabossé noir, émaux blancs en gouttelettes.

8. Bol campanulé cabossé manganèse métallique, à coulée foncée, Ninséï. — Bol Rakou noir, mi-sphérique, taches rouges, Kurogusuri.

9. Bol cylindrique cabossé noir, réserves jaunes, Owari. — Bol turbiné, couverte en gouttelette, Soma. — Bol conique, glaçure brune et bleue sur manganèse, Séto.

10. Bol carré élevé blanc craquelé, coulée noire en relief sur fauve truité. — Bol à bec noir, turbiné à facettes.

11. Petit bol turbiné gris craquelé, fleurs polychromes, rehauts en or, Kioto. — Petit bol turbiné gris craquelé, cartels divers personnages, rehauts en or, Kioto.

12. Bol boule blanc craquele, chrysanthèmes rouges. Kioto.

13. Tasse turbinée, laque noire, rehauts d'or, rouges, Kioto. — Tasse turbinée fauve truité, bambous en or, Kioto. — Tasse cylindrique crème, zones vertes brunes, Kioto.

14. Bol mi-sphérique truité, fleurs et graminées polychromes, Kioto. — Bol à bec jaune truité, petits personnages polychromes, Kioto, Ninséi.

15. Bol mi-sphérique à piédouche, truité rose, personnage et enfant polychrome, Kioto. — Bol turbiné élevé truité, arbres en émaux fixes, rehauts or, Kioto, Ninséi.

16. Bol mi-sphérique jaune truité, dés à jouer, Kioto. — Deux bols turbinés, piédouche, cabossé, blanc truité, bœuf et fleurs, Kioto.

17. Grand bol mi-sphérique resserré gris truité, grues et tortues près arbre, polychrome. — Bol à cinq lobes gris truité, fleurs en émaux fixes, Kioto, Ninséi.

18. Bol cylindrique, céladon, craquelé noir, célosis en or relief et caractères en or, Awadji. — Bol campanulé, crème craquelé, parties réparées en laque d'or.

19. Deux petites jardinières pyramides renversées, blanc, oiseaux, fleurs bleues, Banko.

20. Deux bols mi-sphériques à rebords lobés gris, couronne de kiris sur blanc, Kenzan.

21. Quatre bols turbinés, gris, fleurettes et quadrillés polychromes, Kioto.

22. Quatre bols turbinés, gris, finement truité, feuilles de bambous polychromes à rehauts d'or, Kioto.

23. Trois bols à cinq lobes, mince couronne brune, Kioto. — Quatre bols turbinés, gris craquelé, pins noirs à rehauts d'or, Kioto.

24. Quatre bols turbinés à bourrelets, taches flammées, gris craquelé,

Séto. — Cinq bols carrés à bec avec petit personnage grimpant, taches brunes sur crème craquelé.

25. Large bol mi-sphérique à quatre lobes ajourés, polychromes, vieil Imari. — Bol campanulé, rouge et vert, polychrome, grand personnages sur blanc. Kaga.

26. Quatre bols campanulés gris craquelé, cartels noirs, Korée. — Grand bol carré à angles rentrants, filet bleu, marron, vieux truité.

27. Trois bols cylindriques élevés. Décors très fins, bleu sur blanc, Owari.

28. Bol campanulé rouge et vert sur blanc, Kaga. — Soucoupe campanulée rouge et vert sur blanc, Kaga.

29. Bol mi-sphérique rebords lobés gris, couronne de kiris sur blanc, Kenzan. — Bol à bec, décors noirs, vieux craquelé, Korée. — Bol campanulé, coulée verte, vieux truité, Owari.

30. Deux bols campanulés bord dentelé, décors brun métallique sur blanc, Korée.

31. Six bols campanulés, cabossés à bourrelets, coulée jaune sur gris craquelé, Séto.

32. Large bol mi-sphérique chamois, oiseaux sur branches de pivoines polychromes, émaux à reflets, Kutani. — Deux soucoupes jaunes, fleurettes et graminées polychromes, Kioto.

33. Petit plat chrysanthème, lobé, vieux craquelé. — Petite coupe creuse carrée lobée, grise, branches de pins métalliques retombant. — Deux bols campanulés à rebords dentelés, coulées vertes en gouttes sur blanc, Owari.

34. Cinq coupes mi-sphériques cabossées, gris craquelé. — Haies de chrysanthèmes polychromes, Kioto.

35. Gros bol campanulé à quatre lobes blancs craquelé intérieur, à coulées jaunes vertes, extérieur brun, Owari. — Bol campanulé quatre lobes fauve craquelé, coulée flammée bleu.

36. Gros bol turbiné, aubergine, intérieur turquoise, pivoines jaunes, feuilles turquoises.

37. Grand bol mi-sphérique comprimé jaune, érable polychrome et hortensias en émaux fixes, Inuyama. — Bol mi-sphérique fauve truité, chrysanthèmes blancs, en relief, tronc noir, Kenzan.

38. Six petites soucoupes octogones, bruns deux tons, coulées blanches, Séto.

39. Bol mi-sphérique, gris craquelé, pin noir, Kinkozan. — Bol cylindrique resserré à la panse, noir, Kurorakou.

40. Bol campanulé jaune : oiseau sur arbre fleuri, émaux en relief à reflets, rehauts d'or, Kutani.

41. Pot boule gris perle érable et hortensias, Inuyama. — Grand bol turbiné gris craquelé, enfants et pivoines rouges et vertes en relief, Kaga.

42 Bol turbiné gris rouge et vert quadrillé, Kaga. — Grand bol turbiné gris, érable et hortensias en relief, Inuyama.

43 Grand bol à bec, craquelé, rouge et vert, Kaga. — Grand bol à bec, fauve truité, rosace intérieure, branche fleurie, Kioto.

44. Grand bol campanulé à talon, gris truité, paysages verts, cernés rouge, Kaga.

45. Grand bol campanulé rouge et vert, Kaga.

46. Grand bol creux mi-sphérique, extérieur vert, intérieur gris, buisson fleuri émaux polychromes, draperie rouge, Kutani. — Grand bol creux, campanulé, gris truité, cartels fleuris et caractères Jiou, Kiaga.

47. Large bol campanulé décor rouge et vert, rehauts d'or, Kaga. — Haut bol blanc, bord quadrillé rouge, paysage et fleurs en émaux à reflets polychromes, Kutani.

48. Très beau bol campanulé élevé, crème craquelé, bordure quadrillé rouge, chimère et oiseau de Hô, rehauts d'or, Kutani. — Large bol mi-sphérique crème craquelé, quadrillé, rosace intérieur et extérieur, Kutani.

49. Bol campanulé blanc décors polychromes, bordure fleurettes, Ming. — Bol campanulé, personnage et enfants, famille verte Kienlong. — Bol campanulé, fruits divers, chauves-souris, Kienlong.

50. Bol carré extérieur noir, larges coulées blanches, Owari. — Bol octogone gris foncé gravé quadrillé, personnages relief en émaux blancs.

51. Gros bol campanulé à rebord dentelé, coulées vertes sur blanc,

Owari. — Gros bol campanulé à rebord dentelé, coulées vertes sur blanc, Owari. — Gros bol campanulé cabossé, chrysanthème creux à l'intérieur, grande coulée verte sur crème clair, Owari.

52. Gros bol mi-sphérique entièrement glacé, couverte translucide craquelée sur biscuit brun, genre Mishima. — Gros bol forme kaki, parties noires et blanches. — Bol vieux truité à six lobes dentelés.

53. Grand et beau bol brun à coulées flammées claires à l'intérieur, Séto.

54. Grand bol jaune campanulé, branche chrysanthèmes blancs en relief et papillon. — Grand bol céladon campanulé, branche de chrysanthèmes polychromes à cheval sur bord. Hajiwari.

55. Théière brune deux tons, palmes gravées. — Théière brune deux tons, chimère et nuages gravés, Kishiou.

56. Petite théière boule chocolat, fleurettes blanches cernées, Kenzan. — Théière brune, anneaux, chimères en relief. — Théière porcelaine, partie blanche émaillée, fleurs, vagues en relief.

57. Théière avec filtre vieux truité, resserrée à la panse, fleurettes brun foncé. — Théière piriforme brune.

58. Théière boule jaune, pivoines.

59. Théière tortue marine modelée, porcelaine, brune et verte, coquille sur le couvercle.

60. Grande théière cylindrique poterie jaune, coulées vertes, décor brun.

61. Grande théière à surprise, jaune, quadrillés verts divers gravés, anse polychrome gravée, Kishiou.

62. Théière cabossée, tordue, brune de différents tons, farine de lin, caractères blancs en relief, Soma. — Théière brune, cylindrique, haute anse brune, cartels ciselés, Kishiou.

63. Théière boccaro gris, lapins et oiseaux en émaux polychromes en relief.

64. Petite théière brune côtelée, paysage en émaux blancs fixes et or. — Large théière à haute anse brun clair. taches pâles.

65. Petite théière boccaro rouge hexagonale imitant le laque de

Pékin. — Petite théière brune, grand dragon en relief, Kishiou. —Petite théière bleue, cartels ciselés imitant le laque.

66. Boite cylindrique à bourrelets, couverte fauve craquelé, pins et kiris bleus verts et or, Kioto.

67. Boite brûle-parfums formée par une coiffure de daïmio ajourée, Awata.

68. Boite à gâteaux hexagonale ajourée, à compartiments, Awata.

69. Socle balustre ajouré : oiseaux de Hô et quadrillés polychromes, Satzuma.

70. Une bouteille balustre col évasé noir. — Une bouteille balustre col évasé vert tendre. — Une bouteille balustre col évasé jaune moutarde. — Pot à thé non couvert, chamois foncé, cartels feuilles blanches en réserves.

71. Boîte brûle-parfums, grande cloche ajourée grise. — Boîte brûle-parfums ajourée, fleurs, gris coulé sur brun. — Boîte conique tronquée non couverte, coulée bleue sur marron rugueux.

72. Mizusashi orifice en losange, bruns pointillés, deux oreilles, Séto. — Mizusashi cylindrique, coulées brunes sur brun, deux oreilles, Séto.

73. Grand vase balustre, coulées vertes sur rouge.

74. Fourneau de tohanoyu biscuit brun. Perroquet sur branche de pivoines en émaux fixes. — Tube cylindrique gris, oiseaux et couronnes gravées blancs, genre Mishima.

75. Grande jardinière carrée pans coupés, coulées aubergine sur blanc, caractères en relief.

76. Grosse bouteille brune, col brun clair, Owari (réparée au col).

77. Vase tube ovoïde biscuit gris, partie ajourée. — Tube tronc d'arbre jaune cabossé, dieux du Bonheur et mollusques en relief, Owari.

78. Grand vase balustre brun tacheté de blanc neigeux, anses.

79. Tube brun noir à bourrelets, resserré au milieu, Séto. — Bouteille blanche, coulée verte balustre, panse, surbaissée oreilles, Owari.

80. Bouteille noire, coulée blanche, Owari. — Bouteille cylindrique brune, coulée bleuâtre, Owari.

81. Bouteille imitant bambou, resserrée à la panse brune, coulée claire, Séto. — Bouteille noire coulée blanche, Owari.

82. Cornet balustre biscuit foncé, dragon vert en relief. — Cornet balustre gris, deux tons.

83. Bouteille brune coulée blanche, Owari. — Eouteille brune coulée bleuâtre, Séto.

84. Vase balustre brun coulée flammée bleuâtre imitant la neige, Séto.

85. Bouteille gourde, brune gravée blanc, genre Mishima. — Bouteille ovoïde brune, rayures claires. — Bouteille ovoïde brune, coulée claire.

86. Deux bouteilles balustres, vertes côtelées, oiseaux sur branches en relief, Kishiou.

87. Vase balustre brun, coulée flammée bleue, Séto. — Pot à bec brun, coulée flammée claire, Séto. — Vase balustre noir, Makudzu.

88. Gros pot gris cabossé, coulée flammée bleuâtre, anneaux, grand dragon métallique cerné blanc fixe.

89. Six tshaïrés Séto.

90. Six tshaïrés Séto.

91. Six tshaïrés Séto.

92. Six tshaïrés Séto.

93. Six tshaïrés Séto.

94. Six tshaïrés Séto.

95. Six tshaïrés Séto.

96. Six tshaïrés Séto.

97. Six tshaïrés Séto.

98. Six tshaïrés Séto.

99. Quatre plats Kutani, paysages et marly quadrillés.

100. Plat Kishiou jaune marly vert, branche fleurie et ornements gravés. — Plat Kiskiou vert dentelé, centre en réserve. — Plat Kishiou jaune pâle, centre personnage et marly, ornements gravés

101. Grand plat Kutani foncé creux, paysage au centre et marly vert.

102. Grand plat Kutani plat, cartels paysages et fleurs sur biscuit gris.

Laques

103. Inrô 5 cases laque d'or : routes du Tokaïdo avec paillons d'or où sont inscrits les noms des stations, netzké ivoire noir. — Inrô 5 cases, noir : bœuf et son cornac or et argent, netzké ivoire, coulant cloisonné.

104. Inrô 5 cases laque d'or et aventurine : paysage en relief, netzké ivoire noir : — Inrô large 3 cases noir, singe noir sur rocher laque d'or, netzké ivoire noir, coulant filigrane.

105. Inrô 5 cases noir. Vase argent usé, fleurs et poudré or, netzké petit vase laqué, coulant Darma cuivre. — Inrô 5 cases aventuriné laque d'or : grands chrysanthèmes en ors polychromes, coulant filigrane, netzké boîte imitation vannerie en mokumé.

106. Inrô 5 cases laque d'or : paysage maritime en relief coulant cloisonné, netzké ivoire ajouré. — Inrô 4 cases noir : grands chrysanthèmes paillonnés or et argent, poudré or et argent imitant la neige, coulant cloisonné, netzké grenouille ivoire.

107. Inrô 5 cases laque d'or : paysage pittoresque très fin, parties or poudré, coulant cloisonné, netzké ivoire incrusté. — Inrô 5 cases noir : branche de prunier fleuri en or et burgau, coulant filigrane, netzké ivoire incrusté.

108. Inrô 6 cases noir : forêt de pins au bord de la mer laque d'or, nuages pavés d'or, coulant cloisonné, netzké carpe en ivoire. — Inrô 4 cases noir genre Kôrin : Tori en burgau, arbres laque d'or et pavés d'or, coulant filigrane, netzké boîte ivoire incrusté.

109. Inrô 5 cases noir : arbre fleuri et paons en relief en laque d'or et burgau, netzké ivoire incrusté, coulant merisier sculpté. — Inrô 5 cases noir : herbes laque d'or, nuages pavés d'or, coulant filigrane, netzké boîte ivoire incrusté.

110. Inrô 5 cases en or frotté : enfants et grande grue polychrome en or et paillons d'argents, coulant ivoire, netzké ivoire gravé.

111. Inrô 5 cases laque d'or : érables près cascades, rouges et ors polychromes, coulant filigrane, netzké boîte ivoire incrusté.

112. Inrô 5 cases noir : corbeaux devant lune en argent, sur arbre, or et paillons argent, poudré or imitant la neige, coulant corail, netzké ivoire, coq nacre.

113. Inrô 5 cases noir : fruits et feuilles or, paillons de métaux polychromes et burgau.

114. Large inrô : 5 cases grues or, rouge et argent volant par un temps neigeux, coulant pierre dure, netzké masques merisier.

115. Inrô 4 cases : chevaux en liberté, laques polychromes, coulant et netzké ivoire.

116. Inrô 6 cases : cavalier au repos, laque d'or, étain et burgau, près forêt de bambous en or, coulant cloisonné, netzké merisier diable sous chapeau.

117. Inrô 6 cases laque d'or : paons dans la forêt de pins près cascades, laque d'or en relief, paillons d'argent et burgau, rochers et nuages pavés d'ors.

118. Inrô 5 cases noir : oiseaux et Tori nacre, près érable laque d'or, frotté et pavé d'or, coulant cornaline, netzké, oiseau ivoire noir.

119. Inrô 6 cases laque d'or : cascade dans paysage laque d'or en relief frotté et pavé d'or, coulant cloisonné, netzké fruits ciselés en ivoire.

120. Inrô 6 cases noir : ruisseau dans paysage laque d'or en relief poudré et pavé d'or, coulant aventurine cloisonnée, netzké tortue ivoire.

121. Inrô 6 laques d'or : buisson de chrysanthèmes laque d'or en relief près cours d'eau, nuages et terrain pavés d'or.

Netzkés.

122. Netzké ivoire : rat sur cordage.

123. Netzké ivoire : guerrier combattant.

124. Netzké ivoire : enfants contre tsuitate.

125. Netzké ivoire : danseurs.

126. Netzké ivoire : enfant bouchonnant un lutteur.

127. Netzké ivoire : Oni lavant son linge.

128. Netzké ivoire : scène familiale sous pin.

129. Netzké ivoire : singe jouant du shamisen.

130. Netzké ivoire : Oni et un gros avant-bras.

131. Netzké ivoire : dame et guerrier.

132. Netzké ivoire : bonze accroupi.

133. Netzké ivoire : canon à roulette sur écrans, incrus tations.

134. Netzké ivoire : homme et femme broyant du riz.

135. Netzké ivoire : géant portant enfant.

136. Netzké ivoire : enfant sur tambour près parapluie. — Netzké ivoire : personnage soufflant dans une conque.

137. Netzké ivoire : personnage assis près un sac. — Netzké ivoire : personnage monté sur un sac. — Netzké ivoire : personnage cordonnier.

138. Netzké ivoire : chiens de Fô. — Netzké ivoire : enfant près tambour. — Netzké ivoire : homme debout tenant coquille.

139. Netzké ivoire : enfant jouant du tambour. — Netzké ivoire : femme couchée près rochers.

140. Netzké ivoire : homme agenouillé soulevant un pavé. — Netzké ivoire : homme frisé déroulant makimono.

141. Netzké ivoire : Sennin sur un bœuf. — Netzké ivoire : dame accroupie tenant écran.

142. Netzké ivoire : Shoki couché sur un socle élevé où grimpe un oni. — Netzké ivoire : enfant dansant. — Netzké ivoire : femme assise sur rocher.

143. Netzké ivoire : homme sur poisson. — Netzké ivoire : joueuse de goto.

144. Netzké ivoire : vieillard portant boule sur sa tête. — Netzké ivoire : Shôki debout soulevant le diable.

145. Netzké ivoire : Oni accroupi laque rouge.

146. Netzké ivoire : Sennin tenant gourde.— Netzké ivoire : lutteurs.

147. Netzké ivoire : enfant soulevant pavé. — Netzké ivoire : enfant et pot de fleurs.

148. Netzké ivoire : homme soutenant une gourde. — Netzké ivoire : petit homme sortant d'un kaki.

Bronzes.

149. Tsuitate ajouré, avec grue en relief, supporté par deux chevaux, bonze en ronde bosse assis, patine foncée.

150. Coupe circulaire campanulée tripode, patine foncée.

151. Grand vase balustre, gravé palmes et ornements archaïques, grand dragon en ronde bosse tenant perle sacrée, parties dorées.

152. Petit vase balustre à anses, quadrillé gravé, tortues en haut-relief, patine foncée. — Brûle-parfums circulaire balustre tripode, couronnes gravées.

153. Vase balustre zones gravées, laqué. — Vase balustre quadrilatéral, anses, niellé argent, plateau à la partie supérieure.

154. Petit vase balustre élancé col mince, à bec à couvercle à charnière, couvert en haut, patine foncée, parties dorées. — Petit vase balustre hexagone, orifice évasé, quadrillé gravé, anses têtes de chimères.

155. Gros vase cylindrique à plateau, panse cannelée.

156. Gros vase balustre, lobé près l'orifice, patine rouge et verte. — Petite gourde patine claire.

157. Vase balustre quadrillé palmes gravées, anses têtes de chimères.

158. Deux cylindres gravure et relief.

159. Support de flambeau formés de plusieurs petits vases montés, oreilles têtes d'éléphants, gravure et ajours, patine claire. — Chandelier cornet renversé, palmes gravées et arêtes.

160. Petite bouteille balustre, patine claire. — Petite bouteille balustre, patine claire, dragon haut-relief.

161. Petit cornet balustre, gravure archaïque, arêtes, patine claire.

162. Vase balustre mouvementé, gravure près des anses. — Vase balustre, grues dans roseaux en relief sur la panse, patine claire.

163. Pitong cylindrique nuages, attributs en relief.

164. Vase balustre panse renflée, anses chimères. — Vase formé de deux petits vases balustres, quatre anses mouvementées, gravure aux panses.

165. Grand vase balustre à renflement, gravure et arêtes, patine claire.

166. Grand vase balustre, pivoines stylisées en relief sur fond gravé, anses chiens. — Grand vase balustre, panse rouleau, anses feuilles, fleurs gravées.

167. Deux couvercles chiens de Fô sur couvercles ajourés.

168. Petit rouleau, attributs, relief, patine claire. — Petit vase balustre mascarons, patine rouge et verte.

169. Personnage assis sur cerf, très vieille patine.

170. Bonze debout en prière, patine claire, parties dorées.

171. Deux divinités indiennes debout, à plusieurs bras.

172. Théière circulaire balustre à arêtes, couvercle chien de Fô. — Un cylindre uni.

173. Petite jardinière carrée sur pieds, oreilles papillons en relief. — Petite jardinière hexagone sur pieds, grues en relief sur fond quadrillé. — Coupe à libations tripode, pétale resserré, anse chimère, palmes gravées.

Fer.

174. Théière rugueuse, sac noué avec cordelière.

175. Théière rugueuse, grande feuille recourbée couvrant un fruit, couvercle cuivre rouge laqué.

Gardes.

176. Garde fer ronde ajourée, herbes et épis. — Garde fer ovale ajourée, bambou stylisé.

177. Garde fer ronde ajourée, gerbes de riz. — Garde fer ronde ajourée, chrysanthèmes sur cours d'eau.

178. Garde fer ovale ajourée, chrysanthèmes, chiens de Fô.

179. Garde fer ronde ajourée, voyageur assis contemplant le Fouji.

180. Garde fer ovale ajourée, flotte guerrière, parties en or.

181. Garde fer ronde ajourée, libellules.

182. Garde fer ronde ajourée, guerriers combattant, parties or et argent.

183. Garde fer ovale ajourée, herbes et fleurettes, parties en or. — Garde fer ronde, store, feuilles et épi sur fond imitant le bois, parties en or.

184. Deux gardes fer lobées, ajourées et repercées, chimères, parties dorées.

185. Garde fer ronde ajourée, coq sous tonneau. — Garde fer ovale ajourée, feuilles recourbées et épi parties dorées.

186. Grande garde fer lobée, partie en champlevé.

187. Grande garde fer ronde, couronne métaux divers imitant la vannerie.

188. Garde fer ronde ajourée, chapeau, perles sacrées, maillet, etc.

189. Garde fer pleine ovale, oiseaux, nuages dorés au-dessus de vagues en argent.

190. Garde fer lobée, insectes divers rongeant le bois. — Garde fer ronde ajourée, grues volant au-dessus des herbes. — Garde fer pleine, flèches.

191. Garde fer ovale pleine, oiseau sur feuille de nénuphar ; au dos, le Foudji, parties dorées.

192. Garde fer carrée, coins arrondis; sabre baigné par la vague, parties en or, au loin paysage.

193. Garde fer carrée, coins arrondis. Grues volant sous la pluie. — Garde fer carrée, coins arrondis, ustensiles de tshanoyu et fleurettes, métaux divers.

194. Garde fer ronde ajourée, branches de chrysanthèmes. — Garde fer ronde ajourée, feuilles de mauves dans couronne découpée.

195. Garde fer ajourée, grand dragon profilé. — Garde fer ajourée lobée, cercles ajourés. — Garde fer ajourée ronde. bambous. — Garde fer lobée, chrysanthèmes en relief sur parties pleines.

196. Petite garde fer ovale, pigeon sur toit, croissant lunaire sur ciel pavé d'or. — Petite garde fer carrée lobée, branches de kakis découpées.

197. Garde fer ajourée. Sennin sur tigre assis auprès d'un pin devant cascade. — Garde fer ajourée, coins arrondis, branches de pin

parties dorées. — Garde fer ajourée, vanneries diverses. — Garde fer ajourée, porte-bouquet, vases, théières.

198. Garde fer ajourée, branches de pin fleuries et feuilles de marronniers, parties dorées. — Garde fer ajourée, même désignation.

199. Petite garde fer ajourée ovale, même désignation. — Petite garde fer ajourée, haricots et pois. — Petite garde fer ajourée lobée, prunier fleuri et treillage.

200. Petite garde fer ajourée ovale, branche de pin et feuilles. — Petite garde fer ajourée, lannières liées ensemble, parties dorées.

201. Petite garde fer ajourée, insectes dans herbes (profils découpés). — Petite garde fer ajourée ronde, branches d'œillets.

202. Petite garde fer ajourée ovale, chrysanthèmes divers sur plein. — Petite garde fer ajourée ovale, iris dans herbes.

203. Petite garde fer ajourée ronde, chimères nuages. — Grande garde fer ovale, personnages sur terrasse près pins, parties métaux divers.

204. Garde fer ajourée ovale, chrysanthèmes (parties dorées). — Garde fer ajourée ronde, grand pin strié par nuages pavés d'or. — Garde fer ajourée ovale, grue volant dans pins. — Garde fer ajourée ovale, couronne dentelée, chimères repercées.

205. Grande garde fer ajourée ronde lobée, petits personnages découpés dans forêt, métaux divers. — Grande garde fer ajourée ronde, cavaliers combattant et se précipitant dans la mer.

206. Garde fer ajourée, ovale, pin. — Garde fer ajourée ovale, chêne, pin et feuilles, parties dorées. — Garde fer ajourée ovale, pot à fleurs, ustensiles près habitation. — Garde fer ajourée lobée, corbeille en vannerie d'où s'échappent des fleurs.

207-208. Deux cents gardes fer ajourées et autres.

Ces lots seront divisés par cinq ou dix gardes.

Kakémonos.

209. Vingt kakémonos. (Ce lot sera divisé.)

DEUXIÈME PARTIE

Estampes japonaises

Hanaboussa Itcho.

210. Cortège de fête, escorté par des gamins gambadant. Grand format oblong.

211. Sujets satiriques. Trois pièces, de format oblong.

Nishikawa Soukénobou.

212. Une jeune femme, le buste nu, arrangeant sa chevelure. — Une mère portant son enfant. — Des batteuses de grains. — Trois pièces d'un beau dessin, au trait.

Tatshibana Morikouni.

213. Un écureuil sur une branche. Pièce en noir, de grand format oblong.

Morioka Mitsounobou.

214. Caricatures, de la série des *Toba-yé*. Quatre pièces de format oblong.

Souzouki Harounobou.

215. Exhibition des nouvelles toilettes d'hiver. Courtisane en promenade par un temps de neige. Elle est accompagnée de ses deux kamouros et d'un serviteur qui élève au-dessus de sa tête un large parapluie jaune. Belle pièce de grand format.

216. Jeune homme présentant la main à une guésha pour l'aider à descendre de sa barque. Pièce en hauteur.

217. Poésie à la lune. Jolie pièce en hauteur.

218. Le petit gourmand. Un enfant tendant les bras à sa mère qui lui montre son sein. Pièce en hauteur.

219. Un jeune homme dans le costume traditionnel des Komossos cause avec une dame assise sur une terrasse.

220. Scènes d'intérieur. Trois pièces.

Koriousaï.

221. Deux dames et un jeune homme buvant le saké, tandis qu'un singe, grimpé sur une branche, les regarde curieusement. Format kakémono.

222. Le concert. Une jeune femme, debout dans un jardin, joue de la flûte, accompagnée par un jeune homme assis sur une terrasse et frappant sur un tambourin.

223. Le petit joueur de flûte.

Toyoharou.

224. Vue d'un temple et de ses environs, avec la foule circulant au milieu des boutiques. Pièce intéressante. — Pêche à la baleine. Format oblong.

Toyohiro.

225. Deux femmes faisant de la musique. — Un jeune homme peignant des inscriptions. — Scène à quatre personnages dans un jardin.

Torii Kiyonaga.

226. Une dame en promenade. Au dessus d'elle, des diables assis sur des nuages la lorgnent avec une longue vue. Format kakémono.

227. Kintoki à cheval sur un ours. Deux diables l'escortent en portant sa massue et sa hache. Grand format.

228. Rencontre d'un galant. Format carré.

229. Promenade de courtisanes.

230. Les teinturières.

231. Scènes de la vie des femmes. Deux pièces. Grand format.

232. Même sujet. Deux pièces.

233. La scène de l'espion des Rônins. Grand format.

234. Deux dames dans un jardin. L'une porte un chat blanc dans ses bras.

Shouncho.

235. Portraits d'acteurs. Deux pièces.

236. Scènes de drame. Trois pièces.

237. Paysages. Deux pièces de format oblong.

Shouniyei.

238. Portraits d'acteurs. Trois pièces.

239. Portique précédant un temple. — Scène à deux personnages. Deux pièces.

Shounko.

240. Scènes de drame. Trois pièces de grand format.

Shounjo et autres.

241. Scènes de drame à deux personnages. — Combat naval. — Un pêcheur attrapant une raie. Trois pièces.

Yeishi.

242. Cinq jeunes femmes sur une terrasse d'où la vue s'étend sur la campagne. Diptyque.

243. Promenades de courtisanes. Trois pièces.

244. Scène de la vie des courtisanes. Cinq pièces.

245. Même sujet. Cinq pièces.

Yeisho.

246. Scènes au Yoshiwara. Deux pièces.

Yeizan.

247. Deux jeunes femmes tendrement enlacées. — Courtisane contemplant du haut d'une terrasse un vol de petits oiseaux. Deux pièces.

Atelier de Yeishi.

248. Plaisirs de jeunes femmes. Quatre pièces.

Shounsen

249. Les pêcheuses de nori. Pièce de grand format. — Le Daimyo et la grenouille qui s'efforce d'atteindre une branche de saule. — Chevauchée dans la campagne. Trois pièces.

250. Scènes au bord de la rivière. Quatre pièces de format oblong.

251. Sujets analogues. Quatre pièces.

252. Sujets divers. Quatre pièces.

Shounzan.

253. Divertissements de jeunes femmes.

Kitao Shighémassa.

254. L'assaut du palais de Kira par les Rônins. Pièce intéressante et rare. Format oblong.

Kitao Massayoshi.

255. Quatre planches d'esquisses sommaires. Pièces bien connues de cet artiste au talent puissant et vigoureux.

Kitao Massanobou.

256. Deux portraits d'acteurs, l'un vu à travers la transparence d'un écran.

257. Plaisirs du Yoshiwara. Diptyque.

Shountcho.

258. Une dame sous des branches chargées de devises. — Une dame au bord de la rivière. Deux pièces en format kakémono.

259. La promenade dans une rue bordée par un long mur. Diptyque à huit personnages.

260. Courtisanes. Deux pièces.

Outamaro.

261. Portraits de courtisanes. Deux pièces.

262. Même sujet. Deux pièces.

263. Scènes d'amour au Yoshiwara. Deux pièces.

264. Même sujet. Deux pièces.

265. Scènes de la vie des courtisanes. Trois pièces.

266. Même sujet. Trois pièces.

267. Même sujet. Quatre pièces.

268. Sujets maternels. Deux pièces.

269. Une carpe. Pièce intéressante, de format carré.

270. La grande rue du Yoshiwara, le jour de la fête des cerisiers en fleurs. Intéressante composition où circulent une foule de personnages. — Fête de nuit sur la Soumida. Deux pièces de format oblong.

ÉLÈVES D'OUTAMARO

Hidémaro, Tsoukimaro, etc.

271. Portraits de courtisanes. Cinq pièces de grand format.

272. Scènes au Yoshiwara. Cinq pièces.

273. Scènes de la vie des courtisanes. Quatre pièces.

274. Promenade de courtisanes. — Vue du Foudji. — Shoki poursuivant un diable. Cinq pièces.

Shiko.

275. Un concert au Yoshiwara. Belle pièce de grand format.

Toyokouni.

276. Le montreur de singe. Diptyque d'un bon tirage.

277. Portrait d'acteur, de la série des Grosses Têtes.

278. Scènes de théâtre. Deux pièces.

279. Même sujet. Deux pièces.

280. Jeunes femmes au bord de la mer. Pièce en hauteur.

281. Deux paysages. Le Foudji à la cime neigeuse. — Une baie entourée de collines qui se reflètent dans la mer. Deux pièces oblongues.

Kouniyoshi.

282. Femmes dans des barques regardant un vol d'oies sauvages. Triptyque. — Un guerrier, l'épée nue à la main, et une dame sur une terrasse.

283. Trois courtisanes. Triptyque tiré en bleu.

284. Le bonze Nitiren arrêtant le soleil. — Une longue route vue en perspective.

285. Scènes diverses. Quatre pièces de grand format.

286. Un Rônin. — Une ondée. Bonnes pièces.

Kounisada.

287. Acteurs et scènes de théâtre. Trois pièces de grand format.

Ateliers des Outagawa.

288. Scènes et paysages. Deux pièces de format oblong.

289. Vues de temples. Trois pièces de format oblong.

290. Un acteur. — Des acrobates. Deux pièces de grand format.

Kounisada, Atelier des Outagawa. École d'Osaka.

Nous avons groupé toutes les pièces qui suivent par lots importants, nous réservant de les diviser à la vente.

291. Portraits d'acteurs dans des rôles de femmes. Six pièces de grand format.

292. Même série. Seize pièces de grand format.

293. Portraits d'acteurs célèbres. Cinq pièces en beau tirage.

294. Même série. Vingt-trois pièces.

295. Scènes de drame, programmes de théâtre, etc. Neuf pièces.

296. Acteurs costumés en courtisanes. Six pièces de grand format.

297. Scènes de la vie des courtisanes. Promenade des nouvelles toilettes, scènes d'intérieur. Neuf belles pièces de grand format.

298. Plaisirs et distractions au Yoshiwara. Dix belles pièces de grand format.

299. Scènes de la vie japonaise. Passage de rivière à dos d'hommes. Dispute dans la rue. Cinq pièces de grand format.

300. Occupations et plaisirs des dames japonaises. Dix pièces, dont quelques-unes en beau tirage.

301. Sujets maternels. Quatre pièces de grand format.

302. Pièces satiriques et caricaturales : acrobates, marchand de de poissons, etc. Neuf pièces.

303. Scène des Rônins. Scènes d'amour du Genzi Monogatari. Héros légendaires. Sept pièces intéressantes.

Hiroshighé.

304. Un sentier dominant un village au-dessus de la mer. Belle pièce en format kakémono.

305. Un cavalier dans la montagne. — Une femme sur un pont près d'une cascade. Deux pièces en format kakémono.

306. Une rue vue en perspective. Au milieu, un singulier cortège. — Un kiosque dans la montagne. Deux pièces en format kakémono.

307. Une laveuse près d'un torrent. — Une barque près d'un pilotis. Deux pièces petit format kakémono.

308. Une baie, effet de neige. — Vue du Foudji. — Cerisiers en fleurs. Trois pièces format kakémono.

309. Des canards mandarins. — Cerisiers près de la Soumida. Trois pièces format kakémono.

310. Un arbre gigantesque dont plusieurs personnages mesurent le tronc. — Une cascade. Deux belles pièces de grand format.

311. Paysage couvert de neige. — Une rue très animée. Deux pièces de grand format.

312. Vue sur la Soumida. Au premier plan, une colonne de fumée sortant d'un four. — Vue panoramique, avec le Foudji dans le fond. Trois pièces de grand format.

313. Un rocher percé de cavernes au bord de la mer. — Pèlerinage à un temple. — Site neigeux. — Fête sur la Soumida. Quatre pièces de grand format.

314. Rochers à formes bizarres. Quatre pièces de grand format.

315. Sites célèbres. Sept pièces de grand format.

316. Mêmes sujets. Sept pièces.

317. Poissons. Trois pièces de cette série bien connue. Format oblong.

318. Vues des environs de Yédo. Cinq pièces. Le gros chat sur la fenêtre, etc.

319. Sites remarquables de la route du Tokaïdo. Une baie ombragée par des pins. — Voyageurs s'apprêtant à passer la rivière. — Bateaux à l'ancre. Trois pièces de format oblong.

320. Même série. Une halte de porteurs. — Passage de la rivière en kago. — Colline couverte de cerisiers en fleurs. Trois pièces.

321. Même série. Chevaux au pâturage. — Une ondée. — Rue d'un village. — Légende des chevaux s'échappant du temple. Quatre pièces.

322. Même série. Quatre pièces.

323. Même série. Cinq pièces.

324. Même série. Cinq pièces.

325. Paysages avec de nombreux personnages. Cinq pièces de format oblong.

326. Sujets analogues. Trois pièces.

327. Paysages japonais. Vingt-quatre pièces.

328. Même série. Vingt-quatre pièces.

329. Scènes comiques et caricaturales. Quatre pièces de format oblong. Série intéressante.

Hokusaï.

330. Vues du Foudji. Trois pièces. Le cheval rouge. — Le grand moulin. — Le cerf-volant.

331. Même série. Trois pièces, dont le Foudji rouge.

332. Même série. Trois pièces, Les scieurs de long. — Les cavaliers, etc.

333. Quatre pièces. La grande vague. — Le bac, etc.

334. Des pivoines.

335. Trois pièces de la série des Cascades.

336. Trois pièces de la série des Ponts.

337. Illustration des poètes chinois. Quatre pièces de format oblong.

338. Paysages des bords de la Soumida. Quatre pièces de format oblong.

339. Scènes et paysages. Six pièces.

340. L'attaque du château de Kira par les Rônins. — Scène du drame des Rônins. Deux pièces.

ÉLÈVES D'HOKUSAI.

Sogakou.

341. Fleurs et oiseaux. Six pièces de grand format.

Hokkei.

342. Vue d'une terrasse et d'un intérieur confortable par un temps de neige.

Kwa Setsou.

343. Portraits en silhouettes. Quatre pièces de grand format.

Katsoushika Isai.

344. Dessins de gardes de sabres et de kodsouka. Une planche.

Hokoujiou.

345. La pêche au filet. — Une baie, avec le Foudji dans le fond. Deux pièces de format oblong.

346. Les rochers d'Enoshima. — Un pont sur la rivière. — Les bords de la rivière. Trois pièces de format oblong. Estampes, rappelant le style de nos anciennes vues d'optique.

Keisai Yeisen.

347. Scènes et paysages. Trois pièces, format oblong.

348. Même sujet. Trois pièces format oblong.

Hokoushiou.

349. Portraits d'acteurs. Quatre pièces.

Divers.

350. Reproduction d'estampes des Torii. Deux pièces de format oblong.

351. Un fabricant de lames. — Un batteur de grains. Deux pièces format oblong.

352. Spectres apparaissant à un guerrier. Pièce de grand format. — Les dieux du Bonheur jouant au gô. Format oblong.

Sourimonos.

353. Trois sourimonos, par Shounman, Hokuba, etc.

354. Deux sourimonos de Gakouteï. — Deux autres, par Sadakagé. Ensemble quatre pièces.

355. Trois sourimonos. Deux chameaux. — Une boite et une plume de héron. — Dame à l'éventail, par Kouniyoshi.

356. Keïsaï Yeisen. La plage. — Hokkeï. Montreur de singe. — Yeisen. Les souris. Trois pièces.

357. Toyokouni. Miroir avec portrait d'acteur. — Kouniyoshi. Une dame sur une route neigeuse. — Une dame au bord de la rivière. — Ciseaux et bols. Quatre pièces.

358. Sujets divers. Quatre pièces. Dont un coq dessiné en gaufrures.

359. Sujets divers. Six pièces.

360. Six pièces.

361. Quatre grands sourimonos de Yédo.

TROISIÈME PARTIE

Collection de M. M.

362. Harounobou. Scène d'amour dans un jardin. Jolie pièce de format oblong.

363. — Scène de drame. Combat de deux guerriers. Style de Shouncho.

364. — Jeune femme, une raquette à la main, examinant un volant. Non signé.

364 *bis*. Koriousaï. Canards mandarins. Pièce en hauteur.

365. Shouncho. Trois jeunes seigneurs devant une cascade. Belle pièce de format carré.

366. Deux planches. Acteurs.

367. Plaisirs et occupations de jeunes femmes. Jolie série de seize pièces.

368. Yeishi. Trois jeunes femmes dans un coquet intérieur.

369. Yeizan. Courtisanes. Deux pièces à deux personnages.

370. Outamaro. Courtisanes. Planches des ouvrières en soie, etc. Quinze pièces.

370 *bis*. — Quatre petits garçons jouant aux soldats. Pièce en hauteur.

371. Toyokouni. Courtisane manœuvrant une poupée articulée d'acteur. Pièce de format oblong.

372. — Acteurs. Scène à deux personnages.

373. — Trois jeunes femmes sous les cerisiers en fleurs.

374. — Deux pièces. Femmes au bord de la rivière. — Une mère et son enfant.

375. Kounisada. Scènes de la rue, le jour de la fête des Cerisiers.

376. — Lutteurs. Pièce de grand format.

377. Kounisada. Lavandières.

378. Kouniyoshi. Scène de drame à deux personnages.

379. — Scènes de drame, Portraits d'acteurs, Apparitions, Batailles, Scènes du *Genzi Monogatari*, Courtisanes, Épisodes de l'histoire des Rônins. Deux cent vingt-six pièces.

380. Toyokouni, Kounisada, etc. Sujets analogues. Cent cinquante-sept pièces.

381. Toyokouni, Yeïzan, etc. Quatorze pièces, dont quelques bons sourimonos.

382. Atelier de Toyokouni. Jeune fille jouant du biwa. — Une dame vidant une coupe de saké. Fond de paysage.

383. Scènes de chasse au sanglier. — Apparition. Trois pièces.

384. Deux pièces. Mère jouant avec un bambin. — Courtisane s'arrangeant les dents.

385. Scène des Rônins.

386. Hiroshighé. Planche de la série des Poissons.

387. — Vol de canards au-dessus d'une rivière.

388. — Planches en hauteur. Paysages et personnages. Cinq pièces.

389. — Trois paysages de petit format oblong.

390. — Vues du Tokaïdo et autres paysages. Six pièces de grand format oblong.

391. — Trois paysages de grand format oblong, par divers.

392. — Paysages, vues du Tokaïdo, etc. Soixante pièces.

393. Hokusaï. Planche de la série des Ponts.

394. Cinq aquarelles d'un bon dessin.
Jeunes chiens, coq et poule avec des poussins, chat et crabe, cigogne.

395. Grands sourimonos de l'École de Kioto et de l'atelier des Outagawas. Vingt-six pièces.

396. Escrime, combats au sabre, duels de femmes, par Toyokouni, Kounisada, Kouniyoshi. Vingt-six pièces.

397. Scènes et personnages. Tirage moderne. Cinquante-huit pièces.

398. Fleurs et oiseaux. Tirage moderne. Soixante-six pièces.

398 *bis*. Soixante-deux pièces. Fleurs et oiseaux.

399. Études de poissons, dessins au trait et aquarelles. Douze pièces.

400. Estampe poissons. Pièce oblongue.

401. Caricatures. Six pièces de grand format.

Albums.

402. Quatre beaux albums, de format oblong, à couverture de soie. Peintures représentant des scènes variées, des personnages, des animaux, des paysages.

Ces albums seront vendus séparément.

403. Œuvres diverses d'Hokusaï. Volumes de la Mangwa, Petite Mangwa, Guerrers célèbres, Héros légendaires, etc. Seize volumes.

404. Volumes illustrés par divers artistes. Recueil de dessins variés. Treize volumes.

405. Petits albums de poésies, avec de jolis croquis coloriés. Sept volumes de format oblong.

406. Description des provinces du Japon, avec plans coloriés. Manuscrit. Huit volumes.

407. Meisho ou Description de province, Armures, Gravures anciennes, etc. Treize volumes.

408. Albums de sourimonos de l'École de Kioto. Un volume de format oblong.

Gardes de sabre.

409. Un lot de vingt-quatre gardes de sabre en fer ajouré, avec incrustations.

QUATRIÈME PARTIE

Estampes de choix.

Primitif.

410. Deux barques sur un lac, près des murs d'un palais. Grande pièce oblongue, en noir.

Torii Kiyohiro.

411. Scène de comédie. Deux personnages, l'un armé d'un sabre, l'autre agitant un parapluie et une lanterne. Une ondée raie le le fond de l'estampe. Très belle pièce en hauteur, à tons rose et vert.

Harounobou.

412. L'adieu. Deux jeunes femmes se retournent en faisant un geste d'adieu. Pièce remarquable de format étroit.

413. Un jeune couple, près d'un étang parsemé d'iris. La femme s'avance, d'une allure légère, tandis que son compagnon rattache son géta. Charmante estampe de format carré.

Koriousaï.

414. Deux courtisanes sur un banc. Tirage sombre où dominent des noirs de laque. Très belle pièce en petit format kakémono.

Torii Kiyonaga.

415. Une suivante apportant un vase de fleurs à une dame qui vient de descendre de son norimono. Grand format.

416. Promenade de courtisane. Pièce carrée dans le style de Koriousaï.

École de Kiyonaga.

417. Amour et jalousie. Scène à trois personnages. Format carré.

418. Courtisanes se divertissant dans un parc; une petite fille fait flotter sur la rivière de petites coupes à saké. Estampe de grand format à tonalités élégantes.

Outamaro.

419. Les adieux au Yoshiwara. Bel exemplaire de cette planche célèbre.

420. Pièce de la série des Ouvrières de la soie. Magnifique épreuve.

Shounzan.

421. Jeune femme sur une terrasse, au-dessus de la rivière. Belle pièce de grand format.

Yeïshi.

422. Trois femmes dans un élégant intérieur, d'où la vue s'étend sur la mer. Grand format.

Yeïsho.

423. Courtisanes, en superbe costume, auprès d'un brasero.

Toyokouni.

424. Deux femmes traversant un pont; le vent soulève leurs jupes et met leurs jambes à nu. Très belle pièce de format carré.

425. Scène de drame à trois personnages. Pièce de grand format.

Hokusaï.

426. Les pêcheuses de coquilles marines (awabi). A droite, un rocher sur lequel trois femmes à demi nues se sèchent au soleil. Elles n'ont pour tout v tement qu'un lambeau d'étoffe rouge serré autour des reins. Sous le rocher, troué en forme d'arche, glisse une longue barque montée par trois hommes à qui les femmes

jettent leur pêche. A gauche, trois plongeuses vont arracher les coquilles au fond de l'eau. Au loin, la mer se confondant avec l'horizon. Estampe de format oblong.

Pièce superbe et fort rare. La composition, d'un grand caractère, donne cette sensation de la vie que nul mieux qu'Hokusaï n'a su rendre. L'épreuve est d'un superbe tirage très franc et très vigoureux.

427. Des porteurs gravissent un sentier, sur une colline ombragée par des arbres en fleurs. L'un deux s'arrête près d'une cascade, au dessus de laquelle on voit une sorte d'apparition fantastique. Format oblong. 34

Hiroshighé.

428. Un village sous la neige, dans la montagne. Magnifique épreuve de cette planche célèbre. 32

429. Un village au bord de la rivière. Au premier plan, le tronc d'un érable. Très belle pièce de grand format. 21

Total general de la Vte 2599.

TABLE DES MATIÈRES

PREMIÈRE PARTIE

OBJETS D'ART ET PIÈCES DE COLLECTION

DEUXIÈME PARTIE

TROISIÈME PARTIE

COLLECTION DE M. M.

QUATRIÈME PARTIE

ANGERS, IMPRIMERIE DE A. BURDIN, 4, RUE GARNIER.

V. — **LE VOYAGE ET ITINÉRAIRE D'OUTREMER**

Fait par Frère JEAN THENAULT. — Égypte, Mont Sinay, Palestine, suivi de la relation de DOMENICO TREVISAN auprès du Soudan d'Égypte. Publié et annoté par Ch. SCHEFER, de l'Institut. Gr. in-8, carte et planches . . . 25 fr.

Le même, sur papier de Hollande. . . . . 40 fr.

VI, VII. — **CHRISTOPHE COLOMB**

Son origine, sa vie, ses voyages, sa famille et ses descendants, d'après des documents inédits tirés des archives de Gênes, de Savone, de Séville et de Madrid, par Henry HARRISSE. 2 volumes gr. in-8, planches. . . . 125 fr.

Les mêmes, sur papier de Hollande . . . . 150 fr.

VIII. — **LE VOYAGE DE MONSIEUR D'ARAMON**

Ambassadeur pour le roi en Levant, escrit par noble homme Jean CHESNEAU. Publié et annoté par Ch. SCHEFER, de l'Institut. Gr. in-8, planches . 20 fr.

Le même, sur papier de Hollande. . . . . 30 fr.

IX. — **LES VOYAGES DE LUDOVICO DI VARTHEMA**

OU LE VIATEUR DE LA PLUS GRANDE PARTIE DE L'ORIENT

Publié et annoté par Ch. SCHEFER, de l'Institut. Gr. in-8, carte . . . 30 fr.

Le même, sur papier de Hollande. . . . . 40 fr.

X. — **VOYAGES EN ASIE DU FRÈRE ODORIC DE PORDENONE**

Religieux de l'ordre de Saint-François, publiés et annotés par Henri CORDIER. Un fort volume in-8, planches, dessins, fac-similé et carte . . . 60 fr.

Le même, sur papier de Hollande. . . . . 80 fr.

XI. — **LE VOYAGE DE LA TERRE SAINTE**

Composé par messire DENIS POSSOT et achevé par messire CHARLES-PHILIPPE, seigneur de Champermoy et Grandchamp, procureur du très puissant seigneur messire Robert de la Marck (1532). Publié par Ch. SCHEFER, de l'Institut. Gr. in-8, planches. 30 fr.

Le même, sur papier de Hollande . . . . 40 fr.

XII. — **LE VOYAGE D'OUTREMER DE BERTRANDON DE LA BROQUIÈRE**

Premier écuyer tranchant et conseiller de Philippe le Bon, duc de Bourgogne. Publié et annoté par Ch. SCHEFER, de l'Institut. Gr. in-8, planches. 30 fr.

Le même, sur papier de Hollande . . . . 40 fr.

XIII, XIV, XV. — **LÉON L'AFRICAIN**

Description de l'Afrique, tierce partie du monde. Nouvelle édition, publiée et annotée par Ch. SCHEFER, de l'Institut. 3 vol. gr. in-8, cartes. . . 75 fr. (*En cours de publication.*)

XVI. — **VOYAGE DANS LE LEVANT**

De M. DU FRESNE CANAYE (1573), publié par M. HAUSER, chargé de cours à la Faculté des Lettres de Clermont. Gr. in-8, planches . . . . 30 fr.

XVII. — **NICCOLO CONTI**

VOYAGEUR VÉNITIEN DU XVe SIÈCLE

Traduit pour la première fois en français, du latin de Pogge, et publié par Henri CORDIER. Gr. in-8. (*En préparation.*)

ANGERS, IMPRIMERIE ORIENTALE DE A. BURDIN.

www.ingramcontent.com/pod-product-compliance
Ingram Content Group UK Ltd.
Pitfield, Milton Keynes, MK11 3LW, UK
UKHW021956260726
13994UKWH00004B/1783